Frantz Wittkamp

Herr Soundso

aus Irgendwo

träumt wunderliche Sachen.
Er findet Träume ebenso
erstaunlich wie zum Lachen
und meint, daß es sehr schade ist,
wenn man die Träume schnell vergißt.
Deshalb hat er schon früh um sieben,
sofort nachdem er aufgewacht,
was er geträumt hat, aufgeschrieben,
und dieses Buch daraus gemacht.

Bertelsmann
Jugendbuchverlag

Herr Soundso aus Irgendwo
hatte einen Traum.
Er träumte nachts um zehn nach zwo
von einem Bleistiftbaum,
der trug nicht weniger als drei-
unddreißig Riesenstifteblei.

»Wie schön wär das, wenn ich ein Bett
so leicht wie eine Wolke hätt,
dann könnte ich im Liegen,
wohin ich wollte, fliegen.«
Das wünschte sich Herr Soundso
und flog im Traum von Irgendwo
geradewegs nach Tokyo.

Erstaunt rief: »Das ist allerhand«,
Herr Soundso im Traum und stand
vor einem lilablaugrünroten
Riesenregenbogenknoten.

Von einer Riesentasse Tee
träumte auf dem Kanapee
Herr Soundso – er hatte Spaß,
weil er in dieser Tasse saß,
und dachte sich, wer badet je
in einer Tasse und in Tee.

Er wachte auf, schlief wieder ein
und träumte, er sei winzig klein,
und kroch im Traum auf allen vieren
in einem Käsestück spazieren.

Herr Soundso war voll Entzücken.
Im Traum trug er auf seinem Rücken
ein prächtig buntes Flügelpaar,
das stand ihm gut – er flog sogar
ein paarmal zügig durch den Raum,
er war ein Schmetterling im Traum,
und hier und dort und hin und wieder
ließ er sich eine Weile nieder,
und saß am Ende wohlbehalten
und glücklich in den Kissenfalten.

»Ich möchte nur zu gerne wissen,
ob es ein Auto gibt aus Kissen«,
fragte sich Herr Soundso.
Im Traum stieg er in sein Plumeau
— und damit fuhr er in ein Land,
wo alles aus Plumeaus bestand.
»Hier«, rief beglückt Herr Soundso,
»bricht nie und nimmer was entzwo.«

Bei leichter Brise aus Südost
fuhr er im Traum per Flaschenpost
in einem Schiff aus Packpapier
der Seemann Soundso mal vier.
Ein Kapitän und drei Matrosen
in blauweißrot gestreiften Hosen
hielten Kurs auf Mexiko:
Herr Soundso und so und so.

Im Traum entdeckte hocherfreut
Herr Soundso, daß weit und breit
nichts weder rot, gelb, grün noch grau
— nein, alles war auf einmal blau.
Darüber war von Herzen froh
und überrascht Herr Soundso.
Denn ausgerechnet liebte er
von allen Farben blau so sehr!
Es muß wohl an der Sonne liegen,
dacht er und war aufs Dach gestiegen
und fand, die Sonne war genau
wie alle andern Dinge blau.

Um zehn nach sechs erwachte
Herr Soundso und lachte
darüber, daß man dann und wann
so Wunderliches träumen kann,
und rief: »Es ist doch nicht zu fassen,
das hätt ich mir nicht träumen lassen!«

© Verlagsgruppe Bertelsmann GmbH/
Bertelsmann Jugendbuchverlag,
Gütersloh, 1973
Gesamtherstellung
Mohndruck Reinhard Mohn OHG, Gütersloh
ISBN 3-570-07538-9 · Printed in Germany